Zabinae und der Ring der Titanen

Herstellung und Verlag:
BoD - Books on Demand, Norderstedt
ISBN 978-3-7322-9737-5

Es war einmal, in einer längst vergangenen Zeit, eine wunderhübsche, supersmarte, hippe Sultanstochter Namens Zabinae. Diese lebte in einem großen Palast, in einem weit entfernten Land; wo auch sonst.

Eines schönen Abends stand Zabinae, wie beinahe jeden Abend, an der Brüstung ihres Balkons und sah hinauf zu den Sternen. Sie waren so weit entfernt und doch zum greifen nahe. Zabinae erinnerte sich wieder an die alten Mythen ihres Hauslehrers, als sie noch keine Frau war und noch mit Männern, wenn auch alten und in Begleitung ihrer Hofmädchen, Umgang pflegen durfte.
Damals durfte sie auch noch häufiger ausreiten und in dem kaum zugänglichen, gut versteckten Waldsee baden, den nur wenige, außer ihr selber und ihren Begleitern natürlich, kannten. Selbstverständlich stets unter den wachsamen Augen ihrer Leibwache. Diese waren aufmerksam wie die Lachse, doch wagten sie es oft nicht ihr zu widersprechen und so fanden sie sich wiederholt in für sie mulmigen Situationen wieder.

Würde die Prinzessin von einer Schlange gebissen oder würde sie ertrinken oder ihr irgendein anderes Leid widerfahren, so wären vermutlich alle Mannen der Leibwache des Todes. Darüber waren sie sich durchaus bewußt und doch ließen sie sie gewähren und wachten, in einem großen Abstand und mit den Gesichtern stets vom See abgewandt, über sie. Dabei achteten sie auch auf das kleinste Geräusch, ja auf den leisesten Furz eines Biebers und sprangen bei Bedarf geschwind aus den Büschen, um ihre Prinzessin mit ihrem Leben zu beschützen. Sie entwickelten über die Jahre sogar eine immer weiter verfeinerte Technik des *um die Ecke luckens*.
Hätten sie dabei das nackte Antlitz des Mädchens erblickt, wären sie, wenn dies bekannt geworden wäre, allesamt großer Schmach ausgesetzt. Ihre Familien würden vielleicht sogar mit Schimpf und Tamtam aus dem Reich verjagt werden, denn es gab kaum eine größere Schande für eine Palastwache des Sultans. Außer natürlich, wenn ihnen die Prinzessin abhanden kommen würde, aber daran wagte niemand zu denken. Die Prinzessin zu bewachen war somit, das war allseits bekannt, ein verdammter Drahtseilakt.

Es hieß, nicht mit anzusehen, wenn sie z.B. hüllenlos nackig im Teich badete, was sie gerne und so oft wie möglich tat, sie aber andererseits auf gar keinen Fall aus den *'Augen'* zu verlieren, wie man landläufig so schön sagt.

Mit diesem Widerspruch waren sie alle gewohnt zu Leben und Jene, die bereits von Anfang oder zumindest schon sehr lange an dieser Bürde trugen, litten nach Jahren bereits an Bumsen, jeweils an den großen Zehen ihrer Linken Füße, so daß sie speziell für sie angefertigte Schuhe tragen mußten.

Aber schweifen wir nicht ab, sondern widmen uns wieder den Gedanken an die alten Mythen des Hauslehrers, an die die Prinzessin ja auch gerade dachte.. oder doch lieber nicht weil: *langweilig, langweilig.*

Sie kannten also mittlerweile jedes Geräusch von ihr, ahnten beinahe mit welchem ihrer jungfräulichen Füße sie gerade den Boden berührte.

Der Anführer ihrer Leibwache hieß Salin und war ein kluger und strenger Mann, der wußte, wo der Frosch die Locken hatte.

Es war nicht weniger als das Wohl des gesamten Reiches, welches hier auf dem Spiel stand, deren einziger Erbe Zabinae schließlich war, und der Sultan war auch schon alt.

Es gab Gerüchte, daß sie die letzte Frucht seiner Lenden gewesen sein sollte und das war nicht einmal unwahrscheinlich, denn er hatte es mittlerweile böse mit dem Rücken und anderen, wichtigen Körperteilen.

So schickte Salin seine Männer vor ihrem Einsatz in eine spezielle Ausbildung, die auch beinhaltete, tagelang mit verbundenen Augen durch tiefe Höhlen zu stolpern und sich, nur durch Einsatz ihrer großen linken Zehen, in ihrer Umgebung zu orientieren und wieder hinauszufinden, ohne die Augenbinde dabei abzunehmen.

Das gelang bei weitem nicht allen und so mancher verließ die Höhle mit Beulen am Kopf, mit blauen Augen oder böse geprellten großen Onkels und mit der Schmach und oft auch Tränen in den Augen.

Nach dieser harten Auslese bekamen sie dann eine noch härtere Aufgabe, die viele Jahre in Anspruch nehmen sollte und eine große Ehre bedeutete, nämlich auf die Prinzessin höchstselbst aufpassen zu dürfen.

Salim legte besonderen Wert darauf, auch dann keine Routine im Dienst aufkommen zu lassen, wenn die Wache bereits seit Jahren diente und pflegte ihnen zusätzliche Schwierigkeiten zu bereiten. Manchmal indem er ihnen z.B. heimlich die Schuhbänder zusammenband, nachdem sie ihre Augenbinde bereits aufgesetzt hatten oder ähnliche Schikanen, wobei jedoch so mancher blaue Fleck auch den routiniertesten Wachmann wieder auf den harten Boden der Tatsachen brachte.
Es war bereits eine große Ehre, selbst für Stunden, über die Prinzessin wachen zu dürfen. Dabei konnte der kleinsten Fehler dazu führten, wochenlangen von dieser Tätigkeit ausgeschlossen zu werden.
Außerdem mußten die Wachen, die natürlich verheiratet und im besten Mannesalter waren, ihren erstgeborenen Sohn, so lange sie Wache taten, im Palast abgeben. Niemand weiß, ob es der Wahrheit entsprach, aber es hieß, daß bei einem groben Vergehen, der erste Sohn mit seinem Vater zusammen für dessen Missetat bestraft werden würde. So grimmig ernst nahm man die Sache hier.
Nix für Pussies also.

Salin wurde plötzlich aus seinen Gedanken aufgeschreckt. Er zuckte zusammen, denn Unruhe machte sich breit unter seinen Mannen, daß konnte er nahezu körperlich fühlen. Sie gaben sich gegenseitig Zeichen und wurden immer nervöser, denn sie konnten die Prinzessin nicht mehr hören. Selbst der so oft trainierte und einzig von der Palastwache beherrschte rasterfahndungs Radar- Fledermausblick versagte.

Weder war sie aus dem Wasser gekommen, noch hörte man sie schwimmen. Alle warteten bis aufs Äußerste gespannt auf das kleinste Plätschern einer Welle oder auf das Knacken eines Zweiges, aber nichts geschah. Es wäre nicht das erste Mal, daß die Prinzessin oder ihre Mädchen sich einen Spaß mit ihnen erlaubt hätten, obwohl sie mittlerweile aus diesem Alter herausgewachsen zu sein schienen.

Er blieb weiterhin ruhig und schritt weiter die Reihen ab, aber alle gaben ihm verzweifelt zu verstehen, daß sie nichts bemerkt hätten. Die besondere Aufmerksamkeitspflicht, die immer mindestens einer von ihnen haben mußte, ist abgebrochen und wurde nicht mehr weitergegeben.

Jener, welcher sie zuletzt hatte, hörte schon lange nichts mehr von Zabinae und begann vor Nervosität bereits zu zittern. Der Schweiß rann ihm sein angespanntes Gesicht hinunter und Salim hörte, mit seinem geschärften Gehör, einzelne seiner Schweißtropfen auf den Boden fallen.
Er schüttelte verzweifelt den Kopf als Salin ihn fragte und so ging er weiter um den Teich herum. Da fand er eine der Begleiterinnen der Prinzessin mit riesigem Plüschhanddtuch, die etwas Abseits auf sie warten sollte und dafür verantwortlich war, daß die zarte Prinzessin nach dem Baden ja ordentlich abgerubbelt wurde. Er griff sie fest am Arm, schaute ihr tief in die Augen und fragte leise: 'Wo?!'
Sie blickte sich schnell um und schüttelte mit Entsetzen den Kopf. Jetzt konnte er nicht mehr warten.

In solchen Situationen war der Intimabstand hinfällig und er lief mit gesenktem Kopf zu dem Teich. Dort fand er die beiden anderen Begleiterinnen, die er ebenfalls mit seinem Erscheinen erschreckte. Sie sahen ihn und dann ihre Freundin hinter ihm an und wußten sofort Bescheid. Eine von ihnen mußte die Prinzessin immer begleiten, sobald sie den Palast verließen.

Was würde jetzt mit ihnen geschehen? Panik kam auf. Die Gefühle in Salin gefroren. Sein praktischer Verstand übernahm nun die Oberhand über seine Handlungen. Wegen dieser Eigenschaft war er ausgesucht worden. Er lief wie ein Getriebener immer weiter um den Teich herum.

Er war oft alleine hier gewesen, als er früher den Lieblingsort der Prinzessin erkundete und sich genau einzuprägen versuchte. Damals verstand er gut, warum sie diesen Ort so liebte. Ja, er verliebte sich selbst ein wenig in ihn, doch er wagte jetzt nicht, diesen lieblichen Ort in seiner vollen Schönheit zu betrachten.

Er kontrollierte ihn lediglich nach möglichen Verstecken, strategischen Positionen und Gefahrenstellen. Salin hatte schon immer das Gefühl, daß wenn er diesen Ort nur mit den Augen der Schönheit betrachten würde, er damit auch den intimsten Bereich der Prinzessin überschritten hätte. So sehr verband er die Prinzessin, ja ihre Unschuld und ihren Liebreiz, mit diesem See.

Dort, ein Knacken im Gebüsch. Er kam näher und es flogen erschreckte Vögel auf. Nun stieß er es aber doch aus. Das Zeichen zur uneingeschränkten Suche, eingeschlossen der Erlaubnis des Blickkontaktes.

Vorsorglich hatte er zuvor das Ufer nach den Kleidern der Prinzessin abgesucht. Die Mannen wußten, was sie zu tun hatten. Einer trieb die erschrockenen Mädchen zusammen - keine Zeit für Zartgefühl. Die Anderen streben sternförmig in alle Richtungen auseinander. Einer lief zum Palast um Verstärkung zu holen und die anderen Wachen in Alarmbereitschaft zu versetzen.

Die natürlichen Feinde des Sultans waren zwar weit weg, aber es hat sich in den letzten Jahren immer mehr Zwietracht zwischen den wenigen, benachbarten Herrschern eingeschlichen. Das war sicherlich mit eine Folge des zunehmenden Alters des Sultans, dessen Tochter immer noch nicht verheiratet war.

Die Ansprüche auf den Thron waren nicht gefestigt und wie oft schon, sind Abgesandte der nahen Herrscherhäuser, zu dem alten Sultan geschickt worden, um Heiratsbekundungen und Geschenke zu überbringen.

Es ging manchmal zu wie am sagenumwobenen Hof von Odysseus, wo sich die potentiellen Thronanwärter die Klinke oder was auch immer in die Hand gaben. Aber der Sultan schaffte es jedes Mal sie versöhnlich, wenn auch unbefriedigt, wieder nach Hause zu schicken.

Könnte es sein, daß sich einer Jener, versuchte sein vermeintliches Recht mit Gewalt einzufordern und die Prinzessin einfach zu entführen? Gänzlich ausgeschlossen war das nicht, wenn auch unwahrscheinlich. So etwas würden sich die anderen Herrscher sicher nicht gefallen lassen und das würde Krieg bedeuten, den es in dieser Gegend seit Jahrzehnten nicht mehr gegeben hat.

Salin mußte trotzdem vorsichtig sein. Er rief den Männern in seiner Nähe zu: *'Achtet auf Fuß- und Pferdespuren!'* Es kamen bereits die ersten Palastwachen im Galopp heran geritten. Einer von ihnen sprang vom Pferd und rief: *'Mein Herr, sie wurde auf dem Markt gesehen ..*
.. bei einem ausländischen Händler. Sie ist wohlauf und unsere Männer sind jetzt bei ihr.'
Die Spannung in Salim legte sich schlagartig und er sagte dem Mann: *'Gut gemacht - sammle die Anderen ein und reitet zurück zum Palast. Ich bin auf dem Markt.'*

Als er dort ankam empfing Zabinae ihm mit einem Lächeln, als ob nichts passiert wäre, und dabei hielt sie ihm einen kunstfertig bestickten Seidenschal entgegen.

'Was würdet ihr sagen, ist dieser Schal einer Prinzessin würdig?', fragte sie ihn.
Er entgegnete: *'Der Schal ja; das Benehmen, Nein.'*
..und als sie begann gekonnt zu schmollen: *'Er ist wunderschön, eure Majestät.'*
Sie sah zum Händler, der bei dem Anblick der Palastwache auf die Knie gefallen war und der, wie es sich gehörte, sein Haupt senkte. Dann sah sie verschmitzt zu Salim und sagte: *'Leider habe ich kein Geld, wie du ja weißt. Würdest du mir etwas leihen?'*
Dem Lächeln konnte er nicht widerstehen. Das war schon so, als sie noch ein Kind war. Er würde ihr seinen gesamten Lohn geben, wenn es sein mußte. *'Selbstverständlich werde ich das übernehmen'*, raunte er. Sie sprang auf ihn zu und umarmte ihn, wie sie es in Kindertagen immer getan hatte. Er erstarrte zur Salzsäule, denn in der Öffentlichkeit war ihm das höchst unangenehm, was schon hinter Palastmauern als unschicklich galt.
Natürlich war das Geld nicht geliehen, denn Prinzessinnen besitzen kein Geld und machen sich in der Regel auch keine Gedanken um solche profanen Alltagsdinge, aber das machte nichts.

Er war schon froh, daß er dem Sultan nicht erklären mußte, daß er seine einzige Tochter verloren hatte - wenn auch nur für kurze Zeit.

Aber wegen dem Geld konnte er ihn deswegen auch nicht bitten, denn dann würde er viele Fragen stellen. Wenn er auch als gerechter und gütiger Herrscher galt, war er, wenn es sich um seine einzige Tochter handelte, wie ein alter Drache, der eifersüchtig seine Schätze hütet und jedem mißtrauisch begegnet, der seine Aufmerksamkeit zu sehr auf dieses Thema lenkte.

Der Prinzessin gehörte praktisch das ganze Reich, aber Gelddinge gehörten nicht zu ihrer kleinen Palastwelt und sie würde diesen Vorfall schon Morgen vergessen haben. Er würde sie auf keinen Fall daran erinnern, lediglich würde er zu Hause seiner Frau erklären müssen, wo dieser nicht unerhebliche Betrag geblieben war. Ihr würde er nie ein so teures Geschenk machen können, dachte er etwas traurig, aber sie würde es verstehen.

Er feilschte schnell mit dem Händler, der naturgemäß beim Handeln keinen Respekt mehr vor seinem Amt oder seiner Uniform hatte und sprang wieder auf sein Pferd. Die Prinzessin war schon vorgeritten und ihre zwei Wachen kamen ihrem Pferd kaum noch hinterher.

Sie liebte es, sich Rennen mit ihnen zu liefern, auch wenn sie dafür schon oft vom Sultan gescholten wurde. Aber sie wußte auch, daß er ihr nicht lange böse sein konnte.

Schließlich hat sie ihm sogar das Versprechen abgerungen, sich ihren zukünftigen Gemahl selber aussuchen zu dürfen, was hierzulande durchaus nicht üblich war. Das hat dem Sultan bereits viel Leid und Magenschmerzen verursacht, aber ein Sultan bricht schließlich nicht so einfach sein Wort. Er hätte viel drum gegeben, es wieder zurücknehmen zu können, das wußte jeder am Hofe.

Dieser Tage war der gesamte Hofstaat in Aufruhr. Es begannen die umfangreichen Vorbereitungen für das Vollmondfest, welches zu Ehren der Göttin abgehalten wurde, welche das Reich beschützte.

In den umliegenden Ländern war die verschleierte Isis kaum bekannt, doch umso mehr das großartige Fest, zu dem stets auch die umliegenden Herrenhäuser geladen waren. Aber auch im Volk war dieses Fest sehr beliebt und man erfreute sich der hohen Aufmerksamkeit, die ihrem Reich dabei zuteil wurde.

Die Prinzessin erwachte und sogleich eilten die Kammerfrauen zu ihr um sie für den Tag einzukleiden. Alle waren aufgeregt und sogleich ließ sich die Prinzessin erzählen, was denn alles vorgefallen war, während sie noch geschlafen hatte, denn zu dieser Zeit gab es noch kein Facebook.

Ihr wurde berichtet, daß bereits am frühen Morgen Gesandtschaften mit Ehrerbietungen und kostbaren Geschenken aus dem ganzen Reich und aus der Ferne eingetroffen seien. Manche von ihnen sollen so eigenartig gekleidet sein, wie man es noch nie zuvor in diesem Lande gesehen hatte. Ja sogar einige, sogenannte, 'Mohren' sollen in der Stadt gesichtet worden sein.

Diese Abgesandten sollten die Ankunft ihrer Herren vorbereiten und da die Palastgemächer nur den allerhöchsten Herrschaften mit ihren Leibwächtern vorbehalten waren, kamen sie viele Tage vor dem Fest, um Schlafstätten für die übrigen Bediensteten in Beschlag zu nehmen. Denn es galt: je größer der Herrscher, desto größer sein Gefolge, welches mit ihm reiste.

Toll des Treibens rieben sich die Kaufleute der Stadt die Hände, ob des guten Verdienstes. Es wurde einfach *Alles* gebraucht.

Über Nacht vervielfachten sich die Preise für jedes noch so kleine Gut, ja es herrschte eine Stimmung wie in Wacken. Wer konnte, zog in dieser Zeit zu umliegenden Verwandten und vermietete sein Haus. Was nicht hieß, daß zu dem Fest nicht wieder alle in die Stadt kamen, um der verschleierten Göttin zu huldigen und ausgelassen zu feiern; mit Schnaps, Met und Wein, mancherlei Rauchwerk war auch oft dabei.
Zabinae beschloß, sich die gebrachten Geschenke einmal anzusehen, denn es war klar, daß sich viele Herrschaftshäuser besonders großzügig zeigten, um die Gunst der Stunde zu nutzen. Sie erhofften sich damit einen Vorteil bei der bevorstehenden Gattenwahl. Jeder wußte, daß es bei besagtem Feste, wenn nicht um eine Auswahl des Gatten, so doch zumindest schon um eine ernsthafte Vorauswahl ging. Das Fest, welches ja schließlich nur alle sieben Jahre gefeiert wurde, war augenscheinlich das passende Ereignis. Also dachte sich die Prinzessin, daß dann quasi diese Geschenke ja für sie wären und sie doch dann zumindest das Recht hätte, sie mit eigenen Augen zu begutachten.
So schlich sie durch den Palast und machte sich den allgemeinen Tumult zunutze, ungesehen in die Schatzkammer vorzudringen.

Aber bereits eine Tür vorher wurde sie aufgehalten. Salim selbst stand mit verschränkten Armen unvermittelt vor ihr und ließ sie nicht durch: *'Prinzessin Zabinae, ihr wißt doch, daß ihr nicht zwischen den Dienstboten, zumal den fremden, umher spazieren dürft. Das geziemt einer Prinzessin nicht – das wißt ihr nur allzu genau.'*
'Ich wollte doch nur einen Blick ..' Sie schaute traurig zu Boden. Dann schien ihr plötzlich etwas einzufallen. Sie blickte ihn an und fragte: *'habt ihr Mohren gesehen?'*
'Ja mehrere,' erwidertet er *'und nun geht zurück in eure Gemächer!'*
'Hatten die bunt gewickelte Tücher um den Kopf geschlungen?', fragte sie, seinen letzten Satz ignorierend. *'Turbane meint ihr?*
Ja, die haben sie tatsächlich auf dem Kopf, aber ich persönlich glaube nicht, daß sie aus einem Tuch gewickelt sind. Das kann auf Dauer nicht halten. Und wie würde das wohl aussehen, wenn sie sich plötzlich anfangen abzuwickeln – besonders vor dem Sultan.'
Beide grinsten. Dann kam schon die nächste Abgesandschaft. Der Oberaufseher blickte sie gespielt ernst an und sagte: *'Jetzt aber zurück in eure Gemächer, oder ich lasse euch abführen; eure Hoheit.'*

Sie lächelte, drehte sich um und ging mit erhobenem Kinn, Stolz zur Schau tragend, in Richtung ihrer Schlafgemächer.

Der Sultan empfing einen Abgesandten nach dem Anderen und ließ sich Muster des Mitgebrachten vor seinen Füßen ausbreiten. Für alles war natürlich kein Platz, so reichlich war die Zahl der Angereisten und ihren Geschenken.

Die Diplomaten priesen ihre Herren, deren persönliche Qualitäten, wenn sie oder deren Söhne in heiratsfähigem Alter waren, sowie ihre höchst erlesenen mitgebrachten Kostbarkeiten. Der Sultan nickte alles andächtig ab und schon wurden die Gesandten von den Dienern ermahnt sich kürzer zu halten, da noch Andere warteten.

Die Protokollanten erfaßten jedes Geschenk, nahmen die schriftlichen Ehrerbietungen entgegen und bedankten sich stets ausgesprochen höflich. Daraufhin gaben auch sie freundlich, aber entschieden zu verstehen, daß die Prozedur nicht ins Stocken kommen dürfe.

So ging es den ganzen Morgen hindurch, bis hin zum späten Nachmittage.

Abends beim Essen, erzählte der Vater seiner Tochter stolz, was für exotische Herrenhäuser ihm ihre Ehre erwiesen und was sie ihm alles an Geschenken angetragen hatten. Sie lachten gemeinsam über die steife Art, das eigenartige Aussehen und die sonderlichen Manieren einiger Gesandter.

Manche kamen von so weit her, daß sie ihre Sprache erst haben lernen müssen, bevor sie zum König geschickt wurden und die sich daraus ergebenden Mißverständnisse.

Zabinae fragte: *'.. und er hat wirklich gesagt: eure hochdurchlauchter Honigtopf?'* Der Sultan grinste: *'Der arme Tropf hat die Worte verwechselt. Ein Abgesandter aus dem barbarischen Norden. Wie die sich Hoffnung machen können?'*
'Na ja, es wird spät und morgen ist ein langer, anstrengender Tag. Ihr solltet jetzt zu Bett gehen.'
'Jetzt schon? Ich habe noch gar nicht aufgegessen!'
'Aber du stocherst doch schon den ganzen Abend nur in deinem Essen herum. Es wird Zeit.'
'Bitte Vater, nur noch eine kurze Weile' – und sie schaute ihn flehentlich an. *'Na, wenn es dir so viel bedeutet.'*

Ein Blitzen ging durch ihr Gesicht und sie hörte aufmerksam die Geschichten ihres Vaters, der froh war, daß sie so besinnlich beisammen saßen. Seit der Krankheit ihrer Mutter waren die Augenblicke des Frohsinns nicht mehr viele.

Als Zabinae, schon spät des Nachts, in Richtung ihrer Gemächer ging, kam sie wieder an der Tür der Schatzkammer vorbei. Von den privat Gemächern aus, war sie nicht verschlossen und diese Gelegenheit einfach verstreichen zu lassen, würde sie sich nie verzeihen.
Sie öffnete die Tür und ging auf Zehenspitzen zwischen den aufgetürmten Kostbarkeiten zu den Neuzugängen im hinteren Teil des Raumes. Sie durfte kein Geräusch machen, denn sonst würden die Wachen gleich hinter der Tür aufgeschreckt. Wie eine Katze glitt sie um die Pakete, Taschen und Truhen herum. So viele Dinge und von den meisten wußte sie nicht einmal, wozu sie überhaupt gut waren, aber jedem Einzelnen sah man an, daß es die wertvollsten Ingredienzien enthielt. Eine Truhe erweckte ihre Aufmerksamkeit. Nur die eine dachte sie, dann geh ich sofort zurück. Es war eine große, eisenbeschlagene Truhe, wie sie von den Nordmännern benutzt wurden.

In ihr hätten drei ausgewachsene Männer Platz gefunden. Was sich wohl in ihr verbarg? Vielleicht ja wirklich drei ausgewachsene Männer mit angezogenen Beinen, grinste sie bei diesem Gedanken, in sich hinein.

Sie hob den Deckel. Ach unverschlossen, na da haben die ja selber Schuld. Der Deckel war schwer und die eisernen Scharniere knarrten ein wenig. Doch vorsichtig öffnete sie sie weiter. Der Inhalt war mit fein gesponnenem Linnen abgedeckt. So rau wie diese Nordburschen dachte sie bei sich. Nicht zu vergleichen mit unserer Seide, aber es sind eben Barbaren, die sind nichts Besseres gewohnt. Sie ließ das Tuch fallen und sah neben anderen exotischen Dingen, die sie nicht zuordnen konnte, in der Mitte der Kiste eine kleinere, längliche Schatulle.

Sie legte ihre Hand darauf um sie zu öffnen, in der Erwartung, Schmuck oder Edelsteine vorzufinden, denn diese Schatulle war besonders filigran und kunstfertig gearbeitet.

Aber sie war versiegelt, mit einem roten Wachs, auf dem ein Vogel schwach zu erkennen war. Sowas können die auch, dachte sie staunend, als ob diese Schatulle an sich schon ein Schatz wäre. Doch da hörte sie ein Rumoren vor der Tür.

Sie griff sich die Schatulle und rannte hinaus und dann schnell wieder zurück in ihre Gemächer. In dieser Nacht konnte sie vor Aufregung nicht schlafen, aber sie zu öffnen wagte sie doch nicht. Warum hatte sie sie dann überhaupt mitgenommen, fragte sie sich? Morgen früh gleich bringe ich sie einfach wieder zurück, dachte sie und fiel in einen leichten Schlaf, aus dem sie erwachte, als weit draußen ein Vogel anfing zu singen. Oder besser gesagt, zu krächzen, denn es war der schrillste Vogelgesang, wo gibt. Wer macht bloß diese schrecklichen Geräusche. Ein Vogel mußte es schon sein, aber keiner der aus dieser Gegend kam.

Vielleicht hat einer der Fremden so einen mitgebracht. Sie hatte gehört von Ravenvögeln, aus dem Norden, die groß und häßlich waren. Mit riesigen Schnäbeln, die je zu Zweien auf des nordischen Königs Schultern saßen und jedem Lügner vor dem Thron die Augen aushackten. Kann es so einer gewesen sein oder waren das blos Märchen, um ihr die Moral der Lüge zu erläutern?

Es klang für sie als würde er sie rufen, aber das konnte schließlich nichts Gutes bedeuten, wenn so ein Wesen sie rief.

Doch ihre Neugier war größer als die Vorsicht und so kleidete sie sich schnell an und schlich sich aus dem Palast. Den Weg kannte sie schon aus ihren frühen Jugendtagen, wo sie in der Hoffnung, sie würde gewiss noch einen Bruder bekommen, der dann das Reich erben konnte, noch nicht so bewacht wurde wie jetzt.

Dieses Wissen sollte sich jetzt als hilfreich erweisen. Unbemerkt verließ sie die Kammer, den Palast und schließlich die Stadt und folgte dem Geräusch, welches sich immer wieder von ihr entfernte. Mal war es nur sehr weit weg zu hören und dann wieder ganz in Ihrer Nähe, aber immer vor ihr. Im Zickzack ritt sie durch den Wald, bis sie sich gewahr wurde, daß sie in der Nähe ihres Sees war. Der Mond war schon beinahe voll und sie sah auf einem umgestürzten Baumstumpf einen Vogel sitzen.

Groß war er und dunkel. Er sah sie an mit seinen hellen und wachen Augen, als hätte auch er eine Seele. Im Schnabel trug er ein Schmuckstück, oder so etwas ähnliches. Es funkelte nur kurz im Mondlicht auf. Was für eine seltsame Erscheinung, dachte sie sich, doch in dem Augenblick kreischte der Vogel auf und flog davon.

Sie versuchte ihm zu folgen, doch das Pferd schlug aus, erschrocken von diesem eigenartigen Krächzen.
Als sie es wieder unter Kontrolle hatte, war von dem Vogel keine Spur mehr zu entdecken. Sie ritt um den See herum, aber nichts. Da sah sie, wie sich das Wasser kräuselte. Es wehte kein Wind, nicht die geringste Brise. Sollte so spät noch jemand baden - vielleicht einer der Fremden gar?
Naja, er wußte ja nicht wer sie war und einem Mädchen ohne Geld, noch Schmuck würde der sicher nichts zu Leide tun. Sie schaute genauer, doch sie konnte nichts erkennen. Dann hörte sie ein Plätschern und sah einen sanften Lichtstrahl. Geht denn jemand mit Lampe baden, dachte sie, und wie könnte der dann mit nur einem Arm schwimmen?

Noch in diesem Gedanken verharrend, bemerkte sie wie das Licht heller wurde, und aus dem Wasser zu kommen schien. Fackeln die heller werden gibt es nicht, dachte sie geängstigt und wollte sich schon davonmachen, als eine sanfte Stimme leise rief:

'Zabinae - hab keine Angst.'

Jetzt bekam sie Angst. Wer konnte hier, mitten in der Nacht, ihren Namen kennen? Sie erstarrte, daß sie sich nicht mehr von der Stelle rühren konnte. Die Lichtgestalt kam näher und in Zabinae hielten sich Angst und Neugier jetzt die Waage. Aus dem Licht trat eine verschleierte Frau, die immer noch etwas Licht umgab und sie sprach:
'Ich bin die, die ihr verehrt. Ich beschütze euer Reich wie ich zuvor schon viele Reiche beschützt habe. Hab keine Angst vor mir und behalte gut in Erinnerung, was ich dir jetzt sage!'
Zabinae nickte ängstlich und sah zu Boden, denn sie wußte nicht, wie man sich gegenüber einer Göttin, die sie zweifelsfrei war, angebracht verhielt.
Die Stimme sprach weiter:

'Heirate den, der das Rätsel löst, denn er wird dir und deinem Volk ein weiser und gerechter Herrscher. Aber nur dein Herz kann entscheiden ob die richtigen Worte gesprochen werden, denn dein Auserwählter wird die grüne Sprache der Vögel benutzen. Und jetzt geh zu dem Ort, wohin der Bote dich geführt, denn es ist dir ein Schlüssel hinterlassen, den du gut hüten mußt.
Und noch eins: Er wird nicht der Erste sein.'

'Ja, aber..' ‚stammelte die Prinzessin und blickte auf, doch die weiße Göttin war bereits verschwunden. Sie blickte sich um und horchte, doch die Nacht hat sich wieder ihrer Sinne bemächtigt. Was denn für ein Bote, sie hatte nichts von solch einem Boten bemerkt. Sie meinte doch nicht etwa den schwarzen Vogel? Konnte das ihr Bote sein, wo sie doch so schön war und der Vogel so gräßlich. Aber sagte sie nicht auch *ein Bote* und nicht *ihr Bote?*

Wer kann das schon wissen, dachte sie bei sich. Sie ging zu dem Baumstumpf auf dem er gesessen hatte, doch sie konnte nichts entdecken. Sie suchte noch einmal, doch wieder nichts. Na, dann eben Morgen, bei hellem Tageslicht. Doch da ist schon das Fest. Sie suchte lange Verzweifelt, aber erfolglos weiter.

Als sie, mit Tränen der Trauer, aber auch Wut in den Augen, schon im weggehen begriffen war, blitzte in ihrem Augenwinkel, ganz kurz nur, etwas auf. Das mußte er sein. Er ist auf den Boden gefallen, als der Vogel weggeflogen war, dachte sie, und jetzt konnte sie ihn auch schon sehen.

Ein komischer Schlüssel, jedoch sie war so froh ihn doch noch gefunden zu haben. Sie ritt zum Palast und war schon so müde, daß sie sich am nächsten Tag wunderte, wie sie an den Wachen vorbeigekommen war.

Sie fiel sofort, und noch bekleidet, ins Bett und in den Schlaf. Draußen fing es schon an zu Dämmern doch das bemerkte sie nicht mehr.

Am nächsten Morgen konnten die Dienerinnen sie gar nicht wach kriegen, und so zogen sie sie verwundert aus und ließen sie weiterschlafen. Das Gewand konnten sie kaum über die geschlossene Hand ziehen, doch sie hielt ihre kleine Faust so fest zusammen, daß es auch so gehen mußte. So verzichteten sie auf das Nachtgewand, denn es war schließlich auch schon Tag, und verließen die Gemächer, nachdem sie ihr noch die welken Blätter aus dem Haar gezupft hatten.
Als sie dann, lange nach der Mittagssonne erwachte, wußte sie zuerst gar nicht mehr, wo sie war. Dann jedoch besann sie sich der vorherigen Nacht. War es wirklich passiert oder hatte sie nur geträumt? Sie fühlte den Schlüssel und so wußte sie, daß das alles nicht nur ein Traum gewesen sein konnte. Sie schaute ihn sich genauer an und dachte wieder nur: Was für ein eigenartiger Schlüssel.
Sie betrachtete ihn von jeder Seite. Was ihr gleich auffiel war, daß dieser Schlüssel keinen Zinken besaß. Außerdem endete er in zwei auslaufenden, unterschiedlich langen Metallstäbchen. Was sollte der blos öffnen?

Die Dienerinnen kamen wieder und so steckte sie ihn schnell weg. Die Mädchen brabbelten gleich ganz aufgeregt los und erzählten ihr vom angehenden Fest, aber das bekam sie nur am Rande mit. Sie konnte ihre Gedanken nicht von diesem eigenartigen Ding loseisen. Aber sie mußte sich nun für den Abend feinmachen.
Bei Prinzessinnen ihres Kalibers dauerten solcherlei Schicklichkeiten nahezu einen vollen Nachmittag. Schließlich mußte sie für die weitgereisten Herrschaften was hermachen, obwohl die natürlich eher wegen ihrer Ländereien gekommen waren und weniger ihretwegen. Die Schönheit und Anmut einer Prinzessin ist bei so riesigen Reichen doch eher ein zusätzliches Mitbringsel. Die meisten ihrer Werber hatte sie außerdem noch nie zu Gesicht bekommen.

Am Abend begannen die Festlichkeiten, denn es war Vollmond. Als sie, neben ihrem Vater, an der abendlichen Festtafel saß, rückten auch schon die einzelnen Aspiranten an. Zum Glück gehörte ihr Volk nicht zu den morgenländischen Völkern, die ihre Töchter komplett mit Tüchern umwickelten und ihnen sogar das Gesicht damit verhüllen. Jedoch hätte ihnen das auch eine Menge Arbeit erspart.

So jedoch konnte sie die überraschten Mienen ihrer Verehrer sehen, sobald sie mit demütig gesenktem Haupt an die Tafel traten, dann schließlich aufsahen und ihr wunderschönes Antlitz erblickten, was ihr naturgemäß sehr schmeichelte.

Obwohl die Kunde ihrer Schönheit sich weit herumgesprochen hatte, dachten wohl viele ihrer Verehrer, daß alle Völker mit der Schönheit ihrer Prinzessinnen prahlten. Man sah ihnen an, was sie nun dachten und daß einige es in diesem Augenblick wirklich ernst meinten, mit ihren Anträgen.

'Einer fing sogar an zu stottern', erzählte sie nachher ihren Mädchen, mit denen sie sich freudig tuschelnd über die Kandidaten unterhielt. *'Dann kam natürlich prompt sein Übersetzer angelaufen'*, erzählte sie Grimassen schneidend, *'und versuchte, uns weiszumachen, daß es in seiner Sprache üblich wäre, so zu sprechen.'* (mädchenhaftes Getuschel)

'Von weiter hinten rief einer der anderen Wartenden, der dies gehört hatte, ob es in diesem eigenartigen Lande auch üblich wäre, rot zu werden und ein verhaltenes Gelächter begann.'

Zabinae fühlte sich wohl in ihrer Rolle, denn jetzt wußte sie, daß der Richtige unter ihren Verehrern war. Außerdem genoß sie es, wie sie balzten und sich gegenseitig nasführten.

Also rundum ein gelungenes Fest, doch als ihr Vater sie fragte, ob sie schon einen Favoriten hätte, verschwand ihre Freude schlagartig.
Er versuchte ihr, sanft auf sie einredend, beizubringen wen er denn so bevorzugen würde. Als sie das jedoch hörte, wurde sie wütend und verließ erbost den Raum, denn sie war ja schlußendlich eine verwöhnte Prinzessin, wie sie im Buche steht.

Als sie wieder alleine und besonnener war, überlegte sie noch einmal gründlich, und kam zu dem Schluß, daß sie es noch weniger wußte, als zuvor. Doch alles wartete auf ihre Entscheidung und sie konnte sie nicht ewig hinhalten. Sie besann sich auf die Worte der Göttin, doch das brachte sie auch nicht weiter. Sie hielt den Schlüssel in der Hand und spielte mit ihm, wie sie es nun häufig tat, während sie grübelte. Die Berater des Königs hatte sie schon zuvor weggeschickt. Die gingen die Sache an wie auf dem Basar und wogen nur Reichtümer, Machtverhältnisse und größe der Ländereien gegeneinander auf.
Ihre Hofmädchen redeten nur von hübsch, süß und kicherten dabei ununterbrochen, aber das konnte es schließlich auch nicht sein, denn etwas mehr sollte ihr Zukünftiger schon zu bieten haben .. und hübsch war das neue langweilig.

Sie nahm die eigenartige Schatulle aus der großen, nordischen Truhe wieder zur Hand. Sie wollte sie wirklich zurückbringen, aber bei dem Trubel, der gerade im Palast herrschte, würde so eine Kleinigkeit wahrscheinlich gar nicht auffallen. Sie wog die Schatulle erneut in ihren Händen und betrachtete erneut die eigenartigen Ornamente.

Wenn man die Sache genau betrachtete, waren es nicht nur einfach Ornamente, sondern in sich verschlungene Girlanden, bestehend aus drachenköpfigen Tieren, ja auch eine Art von Vogel schien dabei zu sein. Ein Vogel wie neulich Nacht, der einen Drachen zu reiten oder zu lenken schien.

Sollte sie ihren Hauslehrer danach fragen? Aber der würde ihr nur wieder stundenlange Vorträge über *langweilig, langweilig* halten und sie entschied sich dagegen. Nach kurzem Überlegen brach sie das Siegel und war ganz enttäuscht, darin lediglich ein Pergament vorzufinden.

Sie wußte gar nicht, das die Nordmänner der Schriftsprache mächtig waren, geschweige denn so hoch schätzten, sie sie für eine solche Kostbarkeit hielten und so teuer verpackten. Die üblichen Danksagungen wurden doch auch den Protokollanten übergeben. Das mußte etwas Anderes sein.

Sie entfernte das Band, welches die Rolle zusammenhielt und rollte das Pergament auf. Als sie es so sah, konnte sie vor erstaunen kaum an sich halten. Das Pergament rollte wieder zusammen doch was sie gesehen hatte war das am feinsten bearbeitete Stück Pergament, das sie je vor die Augen bekommen hatte. Schon der erste Buchstabe war ein Bild von edler und ausgereifter Schönheit, ähnlich den Fabeltieren auf der Schatulle, aber in prächtigen Farben. Die Schrift war so Eckig und kantig, so präzise und doch so ungewohnt. Ganz anders als ihre Schrift, von der ihr Vater einmal scherzhaft sagte, daß sie aussehen würde, wie die Spuren der Vogelkrallen vor dem königlichen Vogelbad.

Der Inhalt war ihr natürlich ein Rätsel, aber könnte es auch mit *dem* Rätsel zu tun haben? Sie konnte es zu ihm machen, dachte sie gewitzt. Wenn ihre Verehrer dran scheitern sollten, umso besser.

Das war die richtige Entscheidung, dachte sie. Sie konnte selber entscheiden, wann das Rätsel gelöst war, und sollte jemand kommen, den sie gar nicht mochte, konnte sie immer noch sagen, es wäre die falsche Antwort.

Es verging Tag um Tag und den Anwesenden wurde schließlich verkündet, daß wer ein schwieriges Rätsel löste, gleich welchen Standes er sei, die Prinzessin Zabinae zur Frau und das gesamte Reich bekommen sollte. Das Volk war entzückt.

Das Pergament wurde, nachdem man sich vergeblich um die Identität des Absender und der Truhe bemüht hatte, öffentlich ausgehängt. Natürlich durften sich zuerst die Kandidaten von hohem Stande daran versuchen. In kürzester Zeit aber gingen zig Abschriften, für viel Geld und Gold, durchs Land und viele Scharlatane sagten hohen Herrschaften, für oft hohe Belohnungen zu, dieses Rätsel für sie zu lösen. Gelehrte der umliegenden Länder versuchten sich ebenfalls an der Lösung und bei einigen Vortragenden war sich Zabinae gar nicht mal sicher. Doch sie lehnte sie alle ab. So verbrachte sie ihre Tage damit, Prinzen und andere, des Lesens kundige, zu empfangen und immer wieder fortzuschicken. Die Abende verbrachte sie, wie sie es schon immer gern tat, mit dem Betrachten der Sterne. Sie fühlte sich so einsam wie sie, die so weit auseinander, von oben auf sie herabschauten. Sie war auch ein Stern, manchmal.

Der nordische Text war schnell übersetzt und die Nordmänner wähnten sich Anfangs schon siegessicher, ob ihres sprachlichen Vorteils, aber das sollte sich als zu Voreilig erweisen. Mit der Zeit glichen sich die Vorteile aus, denn nicht der Text war mehr rätselhaft, sondern die eigenartigen Zeichen am Ende des Briefes.

Man zerbrach sich den Kopf und diskutierte, ob es noch ältere, noch fremdere Schriftzeichen wären, denn keiner der Anwesenden kannte sie, oder ob es einfach nur weitere, wenn auch im Norden unübliche Glyphen waren. Das bestritten viele, denn dafür waren sie bei weitem zu schlicht. Sie wollten einfach nicht zu dem Rest passen. Einige sprachen schon von außerirdischer Intelligenz, aber der Himmel gehörte damals den Göttern und so wurden sie für solcherlei Theorien bestenfalls verlacht.

Der König wurde immer verzweifelter und die Kandidaten immer ungehaltener. Man munkelte bereits, es würde sich um eine Fälschung handeln und man wolle sie allesamt nur veräppeln. Selbst die Prinzessin fing an zu Zweifeln, ob es nicht nur ein böser Scherz des Schicksals war und sie eine falsche Entscheidung getroffen hätte, welche nirgendwohin führte.

Doch eines Tages kam ein Schafhirte und trat vor die Jury. Die Anwesenden amüsierten sich bereits, daß nun selbst Bauern und Bettler vorsprechen dürften. Der mutige Hirte jedoch überhörte die Beleidigungen, die ihm entgegengebracht wurden, denn er war nur aus Neugier gekommen, als er gehört hatte, daß jedem Einlaß zum Palast gewährt wurde, bis das nordische Rätsel gelöst wäre.

Das kann nicht mehr so lange dauern, dachte er sich, bei den vielen weisen Schriftgelehrten, die bereits darüber grübeln. Und so komme ich noch in den einmaligen Genuß, mir den prächtigen Palast einmal von innen ansehen zu dürfen.

Er ging also auf den Tisch zu und wurde sogleich angefahren: *'Was weißt du über das Rätsel. Sprich oder verschwinde!'*

'Über das Rätsel weiß ich nicht viel, denn ich bin gerade erst in dieser Stadt eingetroffen, aber rätseln tun wir Hirten viel. Den ganzen Tag mit den Schafen, da vertreiben wir uns gern die Nachmittage mit Gedankenspielen.'

'Schwafle nicht, gib Auskunft!', sagte ein anderer Protokollant, der dachte, der Hof würde von einem Schäfer verspottet werden, und das hatte man hier nicht so gerne.

'Aber ich muß es doch zuerst einmal sehen, hoher Herr.' 'Zeigt ihm das Pergament', rief der Beamte, *'Ich hoffe, er hat sich auch die Hände gewaschen.'*
Der Hirte nahm es in die Hand und drehte es um alle Seiten. Dann schaute er auf und sagte: *'Lesen kann ich es nicht, aber ich kann Flöte spielen. Soll ich euch eines meiner Lieder zum Besten geben?'*
Ein allgemeines Gelächter setzte ein, er wurde gepackt und man brachte den erstaunten Hirten unter erneutem Gelächter hinaus.
Der König war bereits so verzweifelt und das Reich inzwischen so zerrüttet, daß er jetzt nahezu Jeden als Gemahl akzeptiert hätte, der nur wieder Ruhe einkehren lassen würde. Und selbst der Hirte hatte eine Art Weisheit und Willenskraft in seinem Blick. Oder vielleicht schien es ihm auch nur so.
Die Audienz wurde mit Gongschlägen beendet, die Menschen strömten hinaus und die Palasttore wurden wieder geschlossen.

Als die Prinzessin, so voller Gram, am Vogelbecken saß, hörte sie eine Melodie, die ganz absonderlich war. Nur die Melodie einer einfachen Flöte, doch zutiefst eigenartig gespielt. Gar nicht, was man sonst so zu hören bekam und nahezu *jazzig*, obwohl es das ja noch gar nicht gab.

Nicht gerade gekonnt, dachte sie, jedoch die vermeintlich falschen, doch in sich fast harmonischen Töne zogen sie irgendwie an.

Sie eilte in den Innenhof, aus deren Richtung diese Musik erklang und dort sah sie eine Gruppe von Nordmännern, mit dem Grillen eines fulminanten Ebers beschäftigt. Angewidert schaute sie ihnen zu, denn in ihrem Lande galt das verzehren dieser borstigen Viecher als nicht sehr fein, teils sogar als verpönt.

Abseits dieser Gruppe versuchte ein hoch gewachsener Jüngling, in derber Lederkleidung und strengem Blick, aus einer Flöte wie sie die Hirten haben, Töne zu entlocken. Teilweise klang es gar jämmerlich und seine Kameraden warfen bereits Essensreste nach ihm, ganz in ungehobelter Barbarenmanier.

Sie erkundigte sich nach ihm und ihr wurde gesagt, daß er im Gefolge eines Nordmannes hier wäre, der um ihre Hand angehalten hatte. Besser gesagt, in der Nachhut, denn die Belagerung des Palastes hielt schon so lange an, daß einige ärmere Königreiche, ihre Abgesandschaften mit Proviant aus dem eigenen Land versorgten.

'Aber er ist nur sein Bruder, der Zweitgeborene.'

Der Zweitgeborene, also in zweifacher Hinsicht der Zweite, dachte sie. Kann es der sein? Bei diesem Gedanken fing ihr Herz an zu hüpfen.
Die nächsten Tage beobachtete sie ihn immer wieder heimlich. Als Zweitgeborener hatte er nie die Last des zukünftigen Regierens auf seinen Schultern und konnte in den Tag hinein leben, wie sie es früher auch noch konnte. Doch als Sohn des Königs, war er von Adel, wenn er sich auch gar zu oft mit den Schäfern herumtrieb. Er schien sensibler als die anderen, und zugleich doch stark und bestimmt. Außerdem Wertvoll, kam ihr in den Sinn, doch wieso wußte sie auch nicht. Ach könnte es nur der sein, dachte sie.
So verbrachte sie nun regelmäßig ihre freien Nachmittage mit dem Beobachten der Nordmänner im Palasthof, was natürlich über kurz oder lang bemerkt wurde, und bald gingen auch schon die ersten Gerüchte um:
Der Sohn des Königs, den man auch den Rotbärtigen nennt, soll das Herz der Prinzessin gewonnen haben.
Ob sie ihn vielleicht schlußendlich auch ohne Rätsel nehmen würde? Denn als großer Denker war er nicht gerade bekannt, wenn er auch nicht für dumm gehalten wurde. Er galt als recht wild und ungeschliffen, aber das war für einen Nordmann nicht ungewöhnlich.

Diese Hoffnung war bald der einzige Grund, weswegen sie noch hier waren und so fern ihrer Heimat kampierten. Und obwohl Rotbarts Sohn schon lange die Geduld verloren hatte und viel lieber heimgereist wäre, wartete er.

Das Reich der Prinzessin war ihm ohnehin ein Stück zu weit entfernt und er hatte im Norden bereits ein riesiges, daß er nach dem Ableben seines Vaters erben würde. Doch weil dem Vater so viel dran lag, Orient und Okzident ohne kämpfe und dauerhaft miteinander zu verbinden und er wußte, daß ohne Krone das Land schnell wieder Auseinanderbrechen würde, blieb er.

Doch es ergab sich, daß in einem unbeachteten Moment der Zweitgeborene, dessen Name übrigens Wotan war, mit der Prinzessin wie zufällig zusammen traf. Sie wurde mittlerweile nicht mehr ganz so stark beachtet, da sie sich des öfteren mit den, wie sie hier mittlerweile hießen: *Nördlingern*, abgab.

Sie lächelten sich gegenseitig an und sprachbegabt wie der Jüngling war und ob der Langeweile, kannte er auch schon einige Brocken ihrer Sprache. Nachdem sie sich so unterhielten, fragte er sie, was sie denn da am Halse trüge, so ungewöhnlich von Gestalt. Sie zeigte es ihm und sagte, daß es ein Schlüssel wäre, sie aber nicht wisse wofür.

Er sagte darauf wie nebenbei: *'Zu deinem Herzen - Musik ist immer der Schlüssel zu eines Frauen Herzens.'* (es muß natürlich gute Musik sein, nicht son HippelHoppel Scheiß) anm. d. ü.

Sie wurde rot und doch verstand sie nicht genau, was er damit gemeint hatte. Sie nahm ihren ganzen Mut zusammen und fragte, was er denn nun mit diesen sonderbaren Worten sagen wolle. Er fragte darauf, ob er sich den Schlüssel einmal anschauen dürfe, nahm ihn und schlug ihn an eine nebenstehende Mauer. Er gab einen wunderschönen Ton von sich. Viele blickten überrascht auf.

'Das benutzen wir zum Stimmen von Musikinstrumenten', und gab es ihr wieder. Doch das Geschehen hatte bereits zu viel Aufmerksamkeit auf sich gezogen und so zog die Prinzessin sich eilig wieder in den Palast zurück.

Sie begann von ihm zu Träumen. Er war ganz anders als die Anderen. Ihn wollte sie, da er so stark und doch so sensibel und außerdem recht groß und ansehnlich war. Von geheimnisvoller Art war er obendrein, wie die Frauen es gerne mögen. Aber ihn konnte sie nicht wählen, denn er hat weder um ihre Hand angehalten, noch das Rätsel gelöst.

So schloß sie sich von da an verzweifelt und unglücklich in ihren Gemächer ein. Das Volk fing bereits an zu randalieren und sie bestanden darauf, daß der mittlerweile arg altersschwache Sultan endlich einen Nachfolger kundgab, der sie dann wieder anständig unterdrücken könnte. Doch das war nicht in Sicht.
Und immer noch sah sie Abends in die Sterne und Wotan tat, nachdem er davon munkeln hörte, von da an das Gleiche. Irgendwann bemerkte er, daß die rätselhaften Schriftzeichen waren, wie die Sterne. Aufgeregt fing er am Nachthimmel an zu suchen und wahrlich, er hatte es gefunden. Als er in das Zelt seines Bruders stürmte um ihm kund davon zu tun, winkte der nur ab. Er hatte sich mittlerweile dazu entschlossen, die Sache auszusitzen, in wenigen Wochen dann aufzubrechen und somit seines Vaters Wünschen genüge getan zu haben.
So zurückgestoßen setzte Wotan sich auf die Mauer und nahm sich seine Flöte. Die hatte er einstmals gegen seinen Dolch mit einem fremden Hirten getauscht, was ihm einige Belustigung ob seiner Blödheit, bei seinen Freunden einbrachte. Doch er hatte sie gern und fingerte oft daran herum oder putzte sie einfach nur. Das genügte meist schon, um ihn in eine bessere Stimmung zu bringen.

Er fragte sich, ob er die Flöte so spielen konnte, wie die Zeichen auf dem Pergament, die wie er jetzt wußte, einen Teil des Sternenhimmels darstellten.
Es schien zu gehen, aber er wußte nicht, bei welchem Ton er anfangen sollte. Es klang immer irgendwie verkehrt. Da besann er sich des Tones des Schlüssels, wie die Prinzessin es nannte, und nahm diesen Ton als Anfang. So spielte er die Nacht hindurch ganz aufgehend in dieser Melodey.
Die Prinzessin erwachte bei diesen Klängen und die waren noch schöner als die anderen schönen Dinge, welche ihr bis jetzt widerfahren waren. Der Rhythmus war so einnehmend in seiner unregelmäßigen Regelmäßigkeit. Sie steigerte sich immer weiter in diesen magischen Rhythmus, bis sie ganz besinnungslos davon wurde.
Die Musik steigerte sich ebenso in ihrer Intensität und wurde zudem so schön, daß der Prinzessin bei dessen Klang schließlich das Herz in Resonanz geriet, zersprang und sie daran starb.

Als die Kammermädchen am nächsten Tag die Prinzessin fanden, begann ein großes Wehklage und der Sultan rief den Hof zusammen. Er verkündete das Unheil und zog sich daraufhin schnellstens wieder in seine Gemächer zurück, in denen er blieb und grübelte und trauerte und nochmals grübelte. Was sollte nur aus dem Reich werden - er hatte keine Kraft mehr. Die Trauerfeier wurde vorbereitet und die Prinzessin für die letzte Prozession aufgebahrt.

Alle traten nacheinander an den Sarg heran und überbrachten dem zusammengesackten und weiter ergrauten Sultan ihre Ehrerbietung.

Die umliegenden Herrscher teilten schon mehr oder weniger heimlich sein Reich unter sich auf und der Nordmann wollte jetzt ebenfalls endgültig heimkehren.

Alles war gepackt und in Aufbruchstimmung. Und auch die Stadtbewohner verließen die Stadt, denn sie dachten, daß jetzt ein Krieg um das Reich beginnen würde. Die beiden Brüder gingen also an der aufgebahrten Prinzessin vorbei und dann zum Sultan. Der ältere Bruder sprach sein Beileid aus, doch als er Anstalten machte zu gehen, fragte der jüngere, ob er das Geschmeide der Prinzessin haben dürfe.

Alle schauten ihn entsetzt an, am meisten jedoch sein Bruder, denn von den Toten nimmt man auch im Norden nicht. Aber da sprang er schon heran, das Band löste sich und er hielt den Schlüssel in der Hand. Die Umstehenden waren entsetzt, ob dieses Frevels und konnten vor Schreck und Wut kaum noch an sich halten.

Da schlug er ihn auch schon an und ein noch größeres Entsetzen ging durch die Menge. Die Prinzessin erhob sich leicht benebelt und schaute sich um. Sie sah ihren Vater und sagte zu ihm:

>'Ich hatte so einen eigenartigen Traum.'

Sie schwang ihren Arm herum und schlug dem erstaunten Wotan den Schlüssel aus der Hand, sodaß er unglückseligerweise im hohen Bogen in den nahe gelegenen Brunnen plumpste. Plopp!

Daraufhin passierten zwei Dinge gleichzeitig:

1. Einige Untertanen kreischten: *Zombiealarm* und liefen aus der Stadt, um sich in Sicherheit zu bringen.

2. Die kranke Sultanesin wurde, zu allem Überfluß, auch noch von 'd *i e*' gefiirchtete ostpreussische giftiger Tiger Hornisse gebissen oder gestochen, je nachdem.

Da jetzt nur noch wenige Untertanen in der Stadt geblieben waren, der Rest darauf drang, den Palast niederzubrennen und der Sultan einem Herzinfarkt erlag, beschlossen Zabinae und Wotan auf dem Mond zu heiraten.

Gesagt, getan: Wotan holte seines Onkels Zauberfisch aus seiner Tasche, blies ihn rund und rief: *'Auf, auf zum Mond! Der heilige Aal voran!!'*
Der Fisch, der nicht schwimmen konnte, sangte:
'Wir fahren übers Wasser, wenn da Brücken sind.'

So fuhren Sie übers Wasser,
~~~~~~
wo die Büttel wohnen, doch das Land der Prinzessin war noch immer AlltooNah.

Natürlich verirrten sie sich, denn wer hört schon auf einen alten, gammeligen Fisch. So folgten sie dem weißen Kaninchen, denn schlußendlich wußte niemand sonst, wie man auf den Mond gelangt.
Lange rede, kurzer Sinn: Es gab ne Hochzeit auf dem Mond und da der König ja kürzlich verstorben war und die Königin einen Stich hatte, übernahm der Hauslehrer, zu aller Entsetzen, die Trauung.

Vor der Trauung aber gab es die üblichen Probleme: was gibt es zu Essen und zu trinken? Was ziehe ich an? Seh ich darin nicht zu dick aus? Sollen wir die Hochzeit nicht verschieben, bis ich drei Kilo abgenommen habe?

Aber das erledigte sich alles wie von selber, denn auf dem Mond herrscht ja bekanntlich eine geringere Schwerkraft und die Braut war deswegen sogar drei Kilo zu leicht. Die ZehTeeremonie, oder nein die TheCeremonie *(was auch immer)*, fand nicht statt, da sie keiner richtig buchstabieren konnte. Der obligatorische Nichtgeburtstag, wurde auf den nächsten Tag verschoben, da Zabinae zufällig an diesem Tag auch Geburtstag hatte und so stand der Hochzeit schließlich nix mehr im Wege; aber wo waren die Ringe?
Wotan sollte sie besorgen, doch vorher mußte er, in der Tradition Odysseus, ein paar unlösbare Aufgaben lösen und so verzögerte sich die Trauung doch noch um ein paar Jahre, aber das ist eine andere Geschichte und soll ein anderes Mal erzählt werden.

Diese Geschichte hier, endet mit der Hochzeit, nachdem der Zwischenteil vorgespult wurde:

Die Hochzeit

Alle Hochzeitsgäste waren anwesend, bzw. konnten oder wollten oder sollten nicht kommen, da keine Unwucht auf dem Mond entstehen sollte *(daß das gar nicht geht, wissen wir erst heute).* Fabelwesen ausgenommen *(Turbo Yeti, Erdbeer Golem und die gemeine hamburger PommesMöwe saßen in der ersten Reihe, Primosil samt Hund waren auch dabei).*
Der Hauslehrer führte Zabinae feierlich zum Altar, doch der weiße Hase hoppelte ihnen, mit seiner glänzenden Taschenuhr, über den Weg und murmelte: *'keine Zeit, keine Zeit, aus dem Weg, ich komme ja zu spät!'* ,und weg war er.
Alle sahen sich verblüfft um und sie hörten noch von weitem:

> *.. gently down the stream*
> *merry me, merry me*
> *merry me, merry me*
> *life is just a dream ..*

Am Altar angekommen, sprach der Hauslehrer zu Zabinae und den anderen Anwesenden folgende Worte: *'Hiermit übergebe ich dich, an deines Vaters statt, diesem jungen Manne aus dem Norden, der da Wotan heißt ..*

.. doch vorher möchte ich noch einige, wenige Worte sagen:

Schon Prinzessin Alice, aus dem benachbarten Wunderland bekam einmal gesagt: Sei, was du scheinen willst oder scheine, was du bist, und sei, was du scheinst.

Oder einfacher ausgedrückt:
Bilde dir niemals ein, nicht anders zu sein
als es anderen scheinen könnte
daß das, was du wärest oder
gewesen sein könntest anders wäre
als der Schein des Gewesenen.

Aber bedenke:
Sei niemals ununterschieden von dem,
was du wärest oder hättest sein können,
daß du unterschieden von dem wärest,
was jenen so erscheinen könnte,
als seiest du anders!

Merk dir das gut für deine Zukunft!'
Sie merkte sich: *'langweilig, langweilig'*

.. und schlief ein

.. erwachte wieder:
(Deja vu's sind bekanntlich Fehler in der Matrix)

'Also war es doch nicht nur ein Traum, wenn wir nicht allesamt in ein und demselben Traum vorkommen. Nur ist es dann hoffentlich wenigstens mein Traum und nicht der eines Anderen. Ich möchte doch nicht einfach von jemand anderem geträumt werden.'

'Also: Willst du die hier anwesende Prinzessin heiraten, obwohl sie nur gebrochen Schach spricht?'

'Pappalapapp:
Tu was du willst.
Wobbly, wobbly, wobbly!',
war die Antwort.
(was der alten Tradition entsprach)

Ihr Krafttier sagte: *'Gleite!'*
.. und sie versprach höchst feierlich,
Schach spielen zu lernen, da, wie sie inzwischen
erfuhr, ihr angebeteter verliebter verlebter verklebter
Verlobter in seiner Jugend
Weltmeister in Schach und Boxen war.

Daraufhin regierten sie, mal mehr mal weniger glücklich, wie das eben so ist, ihr gemeinsames Leben, bis zum beidigen Tode. Die Ringe sollten fortan nur von legitimen Reinkarnationen oder würdigen Nachfolgern ihrer selbst getragen oder in einem kleinen Kästchen, im Nachttisch neben ihrem Bett, aufbewahrt werden.

Und wenn sie nicht gestorben sind, dann leben sie heute noch. Aber im Ernst: sie sind natürlich schon lange tot, oder etwa nicht? Denke schon. Wie spät haben wir es jetzt? Einige hundert Jahre später.

*Ende.

Nachwort

Nach Jahren mühevoller Plagen, Mißgeschicken und Selbsterkenntnis kam Wotan zu den berüchtigten Titanen *(warum und wie, würde jetzt zu weit führen)*. Die schuldeten ihm was, da er sie einstmals aus einer äußerst mißlichen Lage befreit hatte und so überreichten sie ihm *DEN* güldenen Ring und wünschten ihm alles gute für seine, hoffentlich baldige Vermählung.
Er nahm den Ring, drehte ihn und stellte fest, daß er bereits eine Inschrift enthielt!: *.. Ein Ring sie zu Knechten ..*
'Da steht ja schon was drin .. den willich nich!'
Die Titanen waren irritiert und ihr Anführer sprach: '*der is aus Gold und in den Bergen des Schicksals geschmiedet ..*'
'*.. aus Gold am Arsch!! der is ja quasi second Hand! Damit brauch ich gar nicht erst nach Hause zu kommen. Ihr habt wohl einen Piepsvogel!!*'
Das sahen die Titanen ein, denn auch sie hatten früher einmal Frauen unter sich gehabt, bevor sie sie gegessen haben, und sie schmiedeten Wotan neue, einmalige Ringe; fest und hart und unzerstörbar, wie es nur sie zustande bringen; so sagt man jedenfalls.

Was jedoch sicher belegt ist: wie Wotan es auch versuchte, er konnte diese himmlische Sternenmelodey nicht wiederholen und er fand weder die Sternenkonstellation noch den Schlüssel wieder, obwohl er noch Jahre danach suchte. Die Flöte hatte er, nachdem er von der Prinzessin Tod gehört hatte, in einen See geworfen und er fand nie wieder eine, die ihr glich.

Doch Zabinae wußte, daß es irgendwo eine Melodie gab, die so schön war, daß man, wenn man sie hörte, an ihrer Schönheit sterben konnte.

(Schmalz anm d ü)

Einladung zur Hochzeit

Die Trauung fand bereits am 31.1. statt,
im Lande der Büttel in Hamburch.
Eine Rückeinladung für Zeitreisende ist
ausdrücklich nicht vorgesehen.
Die Hochzeitsreise ging nach Naboo.

die Hochzeitsfeier wurde erstmals zeremoniert am
31.12.2013 auf der Oberfläche des Mondes.**
Fortan wird die Feier,
jeweils am 31.12 jeden Jahres,
mit einem großen Feuerwerk wiederholt.
Wer nicht persönlich anwesend sein kann,
will oder soll, kann sich, von der Erde aus,
auch nur das Feuerwerk ansehen.

Ähnlichkeiten mit lebenden Personen sind
frei erfunden oder manchmal eben auch eher nicht,
denn verläßliche Zeugen*** bestätigten kürzlich,
die Fortführung der altehrwürdigen, lunetischen
Tradition der Mondheirat unter Verwendung der,
für lange Zeit verschollen geglaubten, berüchtigten
Titanenringe bei der Zeremonie.

Die Zeremonie leitete, leitet und wird leiten der
dreifache Hermes in einem gefüllten Theatersaal.
In den Logen wurden unter anderem gesichtet:

Charly Chaplin, Ganesha, Peter Pan, Salvador Dali, Lao Tse, Hamlet, Prometheus, King Kong, Konfuzius, Shiva & Shakti, Herman Hesse, Albus Dumbledore, C.G. Jung, Eris, Christian Morgenstern, Osiris, Heisenberg, Thor, Sokrates, Pete Steel, Napoleon, Erzengel Michael, Nietzsche, Emely the Strange, Timothy Leary, Yoda, Dostojewskij, Eos, Che Guevara, Merlin, Zeus, Alister Crowley, Robert Paulsen, Sherlock Holmes, Jocker, Krishna, Aristoteles, Primosil, Frankenstein, Johanna v.Orleans, Krümelmonster, Bobby Fischer, Fortuna, Hellboy, Jesus, Coco Chanell, Alexander der Große, Buddha, John Dillinger, Odin, Schrödinger, hl. Georg, Platon, Hildegard von Bingen, Göthe, Kermit der Frosch, Albert Einstein, Gandalf, Leonardo da Vinci, Neo, Jim Morrison, Meister Eckhart, Pink Panther,
Franz v. Assisi, Herr Rossi,
Morpheus, Herr Keuner,
die Morgenlandfahrer,
König Arthus, Wilson,
Weihnachtsmann,
der heiliger Geist,
der Silver Surfer,
die Mondgöttin,
Shakespeare
u.v.m..

eine Hommage an Michael Ende
** Reisekosten werden nicht erstattet
*** sahen einstmals auch den Yeti

Zumeist abgewandelte Zitate aus:
Lewis Carroll 'Alice im Wunderland'
sowie die exquisiten Stiche von:
John Tenniel und Gustave Dore
waren nur schwer zu vermeiden und führen
hoffentlich nicht zu juristischen Zwistigkeiten, denn
das UhrHeberRecht für Bild und Text wurde, nach
bestem Wissen und Gewissen, für alle Teile der Welt,
beachtet. Wenn dem allerdings nicht so sein sollte,
verweise ich auf die äußerst geringe,
vornehmlich private Auflage.

ISBN 978-3-7322-9737-5

Alle Rechte vorbehalten
auf wenige Exemplare limitierte Auflage
von Vinzent S. Mus - Anno 2013

Weitere Info unter: www.musisches.de